POR DENTRO DE MAZE RUNNER

O GUIA DA CLAREIRA

VERONICA DEETS

Tradução: Rafael Gustavo Spigel
Revisão: Maria Alice Gonçalves
Design original: Georgia Rucker
Capa: Erin McMahon
Diagramação: Ana Solt

Título original em inglês: *Inside the Maze Runner: The guide to the Glade*

Nota do editor: esta obra foi produzida sobre a versão cinematográfica do livro *Maze runner: Correr ou morrer*, de James Dashner. Como em toda transposição de uma mídia para outra, há conteúdos inéditos, nova inserções e adaptações de responsabilidade de seus criadores. A editora entende que uma versão cinematográfica é uma obra independente e isenta-se de qualquer tipo de incompatibilidade de conteúdo com o livro que a originou.

Rua Cel. Lisboa, 989 | Vila Mariana
CEP 04020-041 | São Paulo | SP
Tel. | Fax: (55 11) 4612 2866
editoras@vreditoras.com.br

ISBN 978-85-7683-752-7

2ª reimp., out/14

Impressão e acabamento: Intergraf
Impresso no Brasil | Printed in Brazil

Dados Internacionais de Catalogação na Publicação (CIP)
(Câmara Brasileira do Livro, SP, Brasil)

Deets, Veronica
Por dentro de Maze Runner : o guia da Clareira / Veronica Deets ; [tradução Rafael Gustavo Spigel]. -- São Paulo : V&R Editoras, 2014.

Título original: Inside the Maze Runner : the guide to the Glade
"Baseado no filme da Twentieth Century Fox".

ISBN 978-85-7683-752-7

1. Literatura juvenil I. Título.

14-07823 CDD-028.5

Índices para catálogo sistemático:
1. Literatura juvenil 028.5

SUMÁRIO

INTRODUÇÃO

"QUE LUGAR É ESTE?"

Ao despertar na Caixa, Thomas não se lembra de nada. O mesmo acontece a todos que chegam à Clareira. Com exceção dos suprimentos entregues todos os meses pela Caixa e das enigmáticas letras C.R.U.E.L carimbadas neles, os garotos não fazem a menor ideia de quem os enviou para aquele estranho lugar ou mesmo do motivo de estarem ali. Eles não têm contato com o mundo exterior. Só têm certeza de uma coisa: de que não há como escapar a menos que superem o Labirinto que rodeia o seu novo lar. Um Labirinto de configurações em constante mudança e repleto de monstros apavorantes. Será que é um desafio ou uma sentença de morte? Entre no mundo de Maze Runner. Este é o guia da Clareira.

AS REGRAS

"SE QUISER FICAR AQUI, PRECISO TER CERTEZA DE QUE VOCÊ É CAPAZ DE SEGUIR AS REGRAS, DE QUE CONSEGUE VIVER COMO PARTE DE UM GRUPO, DE UMA *FAMÍLIA*."

"PRIMEIRA:
TODO MUNDO
FAZ A SUA PARTE.
AQUI NÃO TEM
ESPAÇO PARA
PARASÍTAS."

“SEGUNDA:
JAMAIS
PREJUDIQUE
OUTRO CLAREANO.
NADA DISTO
FUNCIONA SE
NÃO PUDERMOS
CONFIAR UNS
NOS OUTROS.
E O MAIS
IMPORTANTE...”

“...NUNCA ÚLTRAPASSE OS MUROS.”

A CAIXA

"A CAIXA FORNECE TUDO O QUE PRECISAMOS... O RESTO É POR NOSSA CONTA."

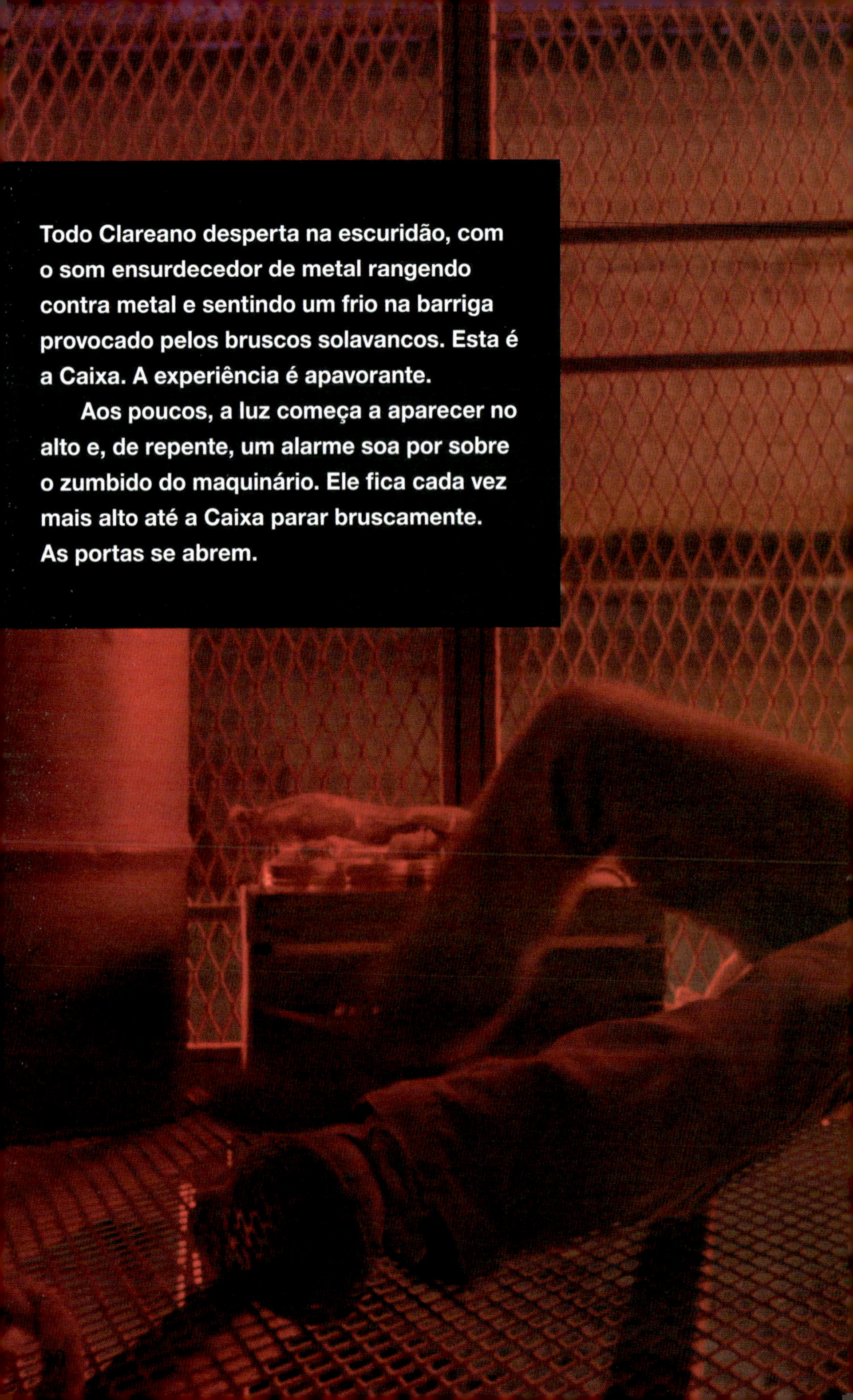

Todo Clareano desperta na escuridão, com o som ensurdecedor de metal rangendo contra metal e sentindo um frio na barriga provocado pelos bruscos solavancos. Esta é a Caixa. A experiência é apavorante.

Aos poucos, a luz começa a aparecer no alto e, de repente, um alarme soa por sobre o zumbido do maquinário. Ele fica cada vez mais alto até a Caixa parar bruscamente. As portas se abrem.

"PRIMEIRO DIA,
FEDELHO.
HORA DE
DESPERTAR."

A Caixa é o ponto de entrada da Clareira. Feita de metal, ela é um grande elevador de serviço. Uma vez por mês, a Caixa é enviada com suprimentos e um novo menino. Nenhum dos garotos se lembra de quem era ou de onde veio. O primeiro nome é sua única recordação.

“BEM-VINDO À CLAREIRA. BEM-VINDO AO NOSSO LAR.”

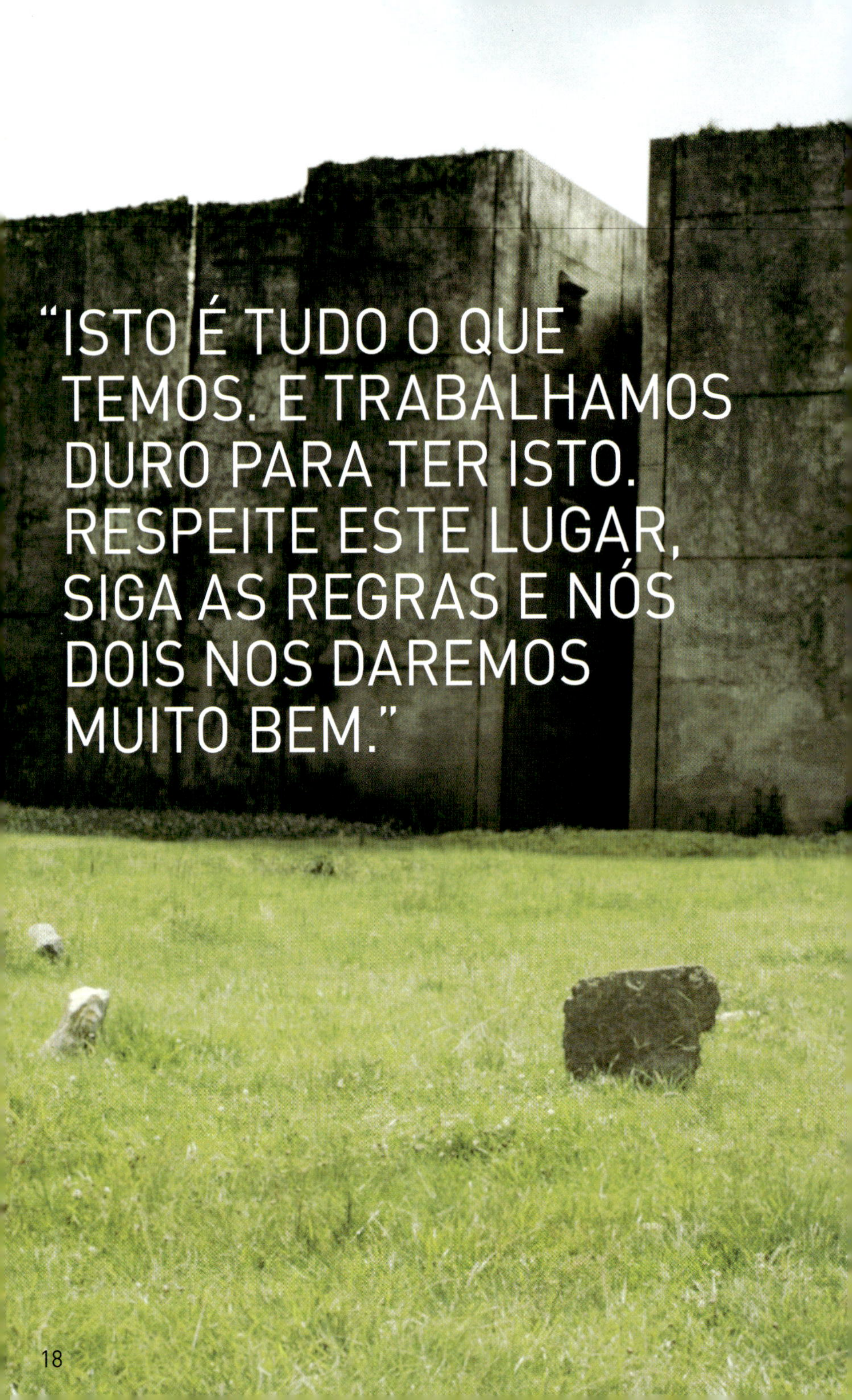
"ISTO É TUDO O QUE
TEMOS. E TRABALHAMOS
DURO PARA TER ISTO.
RESPEITE ESTE LUGAR,
SIGA AS REGRAS E NÓS
DOIS NOS DAREMOS
MUITO BEM."

A Clareira fica em um extenso e exuberante gramado rodeado por imponentes muros de pedra. Os Clareanos estabeleceram seu lar utilizando os recursos naturais da Clareira e o que surgia na Caixa. Com isso, construíram as estruturas e cultivaram os alimentos que precisavam para sobreviver.

A ÁRVORE

"ESPERO QUE NÃO TENHA MEDO DE ALTURA."

A Árvore é uma torre de vigilância construída pelos Clareanos. Do topo, eles conseguem enxergar toda a Clareira e também para além dos muros do Labirinto.

A SEDE

A Sede é onde os Clareanos dormem. É uma estrutura feita de galhos e palha. Os Clareanos dormem em redes tanto do lado de dentro quanto do lado de fora, ao ar livre.

A COZINHA

A Cozinha é o território de Caçarola. É onde os alimentos são armazenados, preparados e servidos.

OS JARDINS

Os Jardins são onde os Clareanos cultivam todos os seus alimentos. Os meninos plantam as sementes que chegam na Caixa. Eles cuidam da terra e colhem a safra. Newt é o Encarregado dos Jardins.

A SALA DO CONSELHO

A Sala do Conselho foi construída em um canto da Clareira, junto ao muro. Os Encarregados controlam o Conselho, mas todos têm direito à voz. Quando os Clareanos precisam tomar uma decisão importante, uma reunião é convocada e todos vão à Sala do Conselho para votar.

Há algumas decisões que somente os Encarregados podem tomar. Para estas, eles promovem neste local um encontro chamado Conclave.

A CASA DOS MAPAS

Todos os dias, quando os Corredores retornam do Labirinto, eles vão diretamente à Casa dos Mapas para registrar os novos padrões que descobriram durante sua jornada. Utilizando essa informação, eles construíram uma maquete do Labirinto em escala feita de pauzinhos recolhidos da floresta. Cada parte, cada passagem e cada curva são mapeadas nos mínimos detalhes.

O AMANSADOR

O Amansador é uma cela cavada na terra. Possui duas funções principais. Em geral, é onde os Novatos passam sua primeira noite na Clareira. Neste lugar solitário, um Fedelho pode se acalmar depois da traumática experiência de chegar à Clareira. É também um local seguro para manter um Clareano que pode ser perigoso ou para punir alguém por violar uma regra da Clareira.

O MURO

ENRIQUE
CARL
JASON
WILL
Peter
Jackson
LEE
GALLY
eric
DAN
ADAM
DMITRI
NEWT
JEFF
ZART
Doug

“DEIXE
A SUA
MARCA.”

Todo Clareano grava seu nome no Muro quando chega à Clareira. Quando um Clareano morre, seu nome é riscado.

ALBY
THOMAS
BEN

OS CLAREANOS

"A COISA MAIS IMPORTANTE QUE TEMOS É UM AO OUTRO. ESTAMOS TODOS JUNTOS NISSO."

ALBY

"ALGUÉM
TINHA QUE SER
O PRIMEIRO,
CERTO?"

Alby é o líder dos Clareanos. Ele foi o primeiro a chegar à Clareira, e o mês que passou sozinho ali o transformou no líder determinado que ele demonstra ser. Alby é calmo e gentil, mas também um rigoroso mantenedor da paz.

NEWT

"NÃO PODEMOS ARRISCAR PERDER MAIS NINGUÉM, THOMAS."

Newt foi um dos primeiros a chegar à Clareira depois de Alby. Ele é o Encarregado dos Jardins. Tem um senso de humor afiado e rapidamente se torna um dos grandes amigos de Thomas. Newt é corajoso e leal até o fim.

CHUCK

"VOCÊ PODE
OLHAR TUDO
O QUE QUISER,
MAS É MELHOR
NÃO SAIR
DAQUI."

Chuck é o Clareano mais jovem e foi o último a chegar antes de Thomas. Por isso, foi designado a ser o seu guia. É gentil e sincero, e logo faz amizade com Thomas, a quem admira. É como um irmão mais novo para Thomas.

MINHO

"FIQUE ALERTA,
SIGA-ME E NUNCA
SE ESQUEÇA DA
REGRA NÚMERO UM:
NUNCA PARE DE
CORRER."

Minho é o Encarregado dos Corredores. Ele é rápido e forte, mas também enigmático e pensativo. Procura não ser popular entre os demais. Tudo o que viu enquanto corria no Labirinto fez dele quem ele é. Minho se torna um confidente de Thomas e seu braço direito no esforço para desvendar o Labirinto.

GALLY

"TUDO COMEÇOU A DAR ERRADO ASSIM QUE VOCÊ APARECEU."

Gally foi um dos primeiros Clareanos e é um dos garotos mais velhos na Clareira. É o Encarregado dos Construtores. Também é um obstinado membro do Conclave. É extremamente desconfiado de Thomas e marca sua chegada como o ponto em que tudo começa a mudar. Gally é determinado a salvar seu lar, a Clareira, de qualquer ameaça. Ele é forte, voluntarioso e prefere partir para o ataque com os próprios punhos a dar a outra face.

BEN

"ELE PERTENCE AO LABIRINTO AGORA."

Ben é o parceiro de Minho no Labirinto. Ele é um dos Corredores mais rápidos e um dos únicos Clareanos que conseguem acompanhar o ritmo do Encarregado. O destino de Ben é marcado quando ele é picado por um Verdugo e passa pela Transformação.

CAÇAROLA

"O JANTAR ESTÁ NA MESA, PESSOAL."

Caçarola é o responsável por cozinhar para todos os Clareanos. Um dos primeiros a chegar à Clareira, ele também é um dos meninos mais velhos. Caçarola pertence ao Conclave como Encarregado dos Cozinheiros. Ele tem muito orgulho de seu trabalho e é bastante dedicado em sua função. Os outros Clareanos podem caçoar de seus pratos, mas sua comida é excelente.

WINSTON

"MINHO CONFIA EM VOCÊ. ISSO É O SUFICIENTE PARA MIM."

Winston é o Encarregado do Sangradouro. Ele é bom com suas facas e com o gado. Winston é corajoso o suficiente para enfrentar um Verdugo se isso significar sua fuga do Labirinto.

JEFF

"QUANTO TEMPO VOCÊ ACHA QUE PODEMOS DURAR?"

Jeff é um Socorrista e leva seu trabalho muito a sério. Embora tenha chegado à Clareira sem lembrar-se de seu passado, ele naturalmente encaminha-se aos primeiros socorros e faz o que pode para ajudar os Clareanos feridos – que, antes da chegada de Thomas, costumavam ser os Retalhadores, aqueles que trabalhavam no Sangradouro.

THOMAS

"ACHO QUE ESTÁ
NA HORA DE
DESCOBRIR O
QUE ESTAMOS
REALMENTE
ENFRENTANDO."

Desde o momento que Thomas chega à Clareira, fica evidente que ele é diferente dos outros. É curioso e não teme o Labirinto, ao contrário: se sente atraído por ele. Thomas é um líder nato. É carismático, gentil e não aceita a estranha situação na qual se encontra. Ele quer sair dali.

O LABIRINTO

"NINGUÉM SOBREVIVE A UMA NOITE NO LABIRINTO."

A Clareira está localizada no centro do Labirinto. O Labirinto é formado por enormes muros de pedra e é coberto por espessos ramos de hera. Nenhum dos Clareanos sabe quem o construiu, como ou por quê.

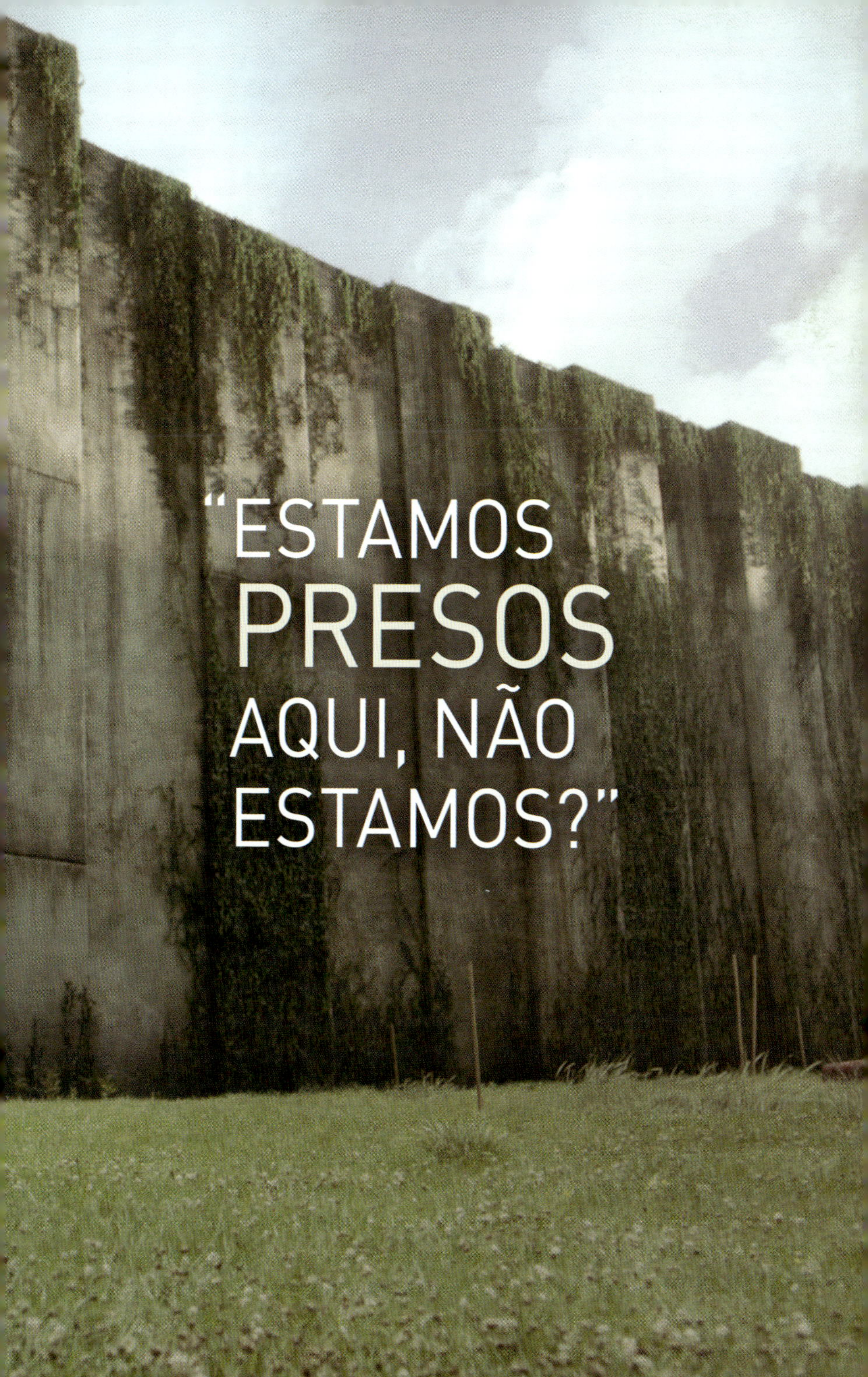
"ESTAMOS
PRESOS
AQUI, NÃO
ESTAMOS?"

AS PORTAS E OS MUROS DO LABIRINTO

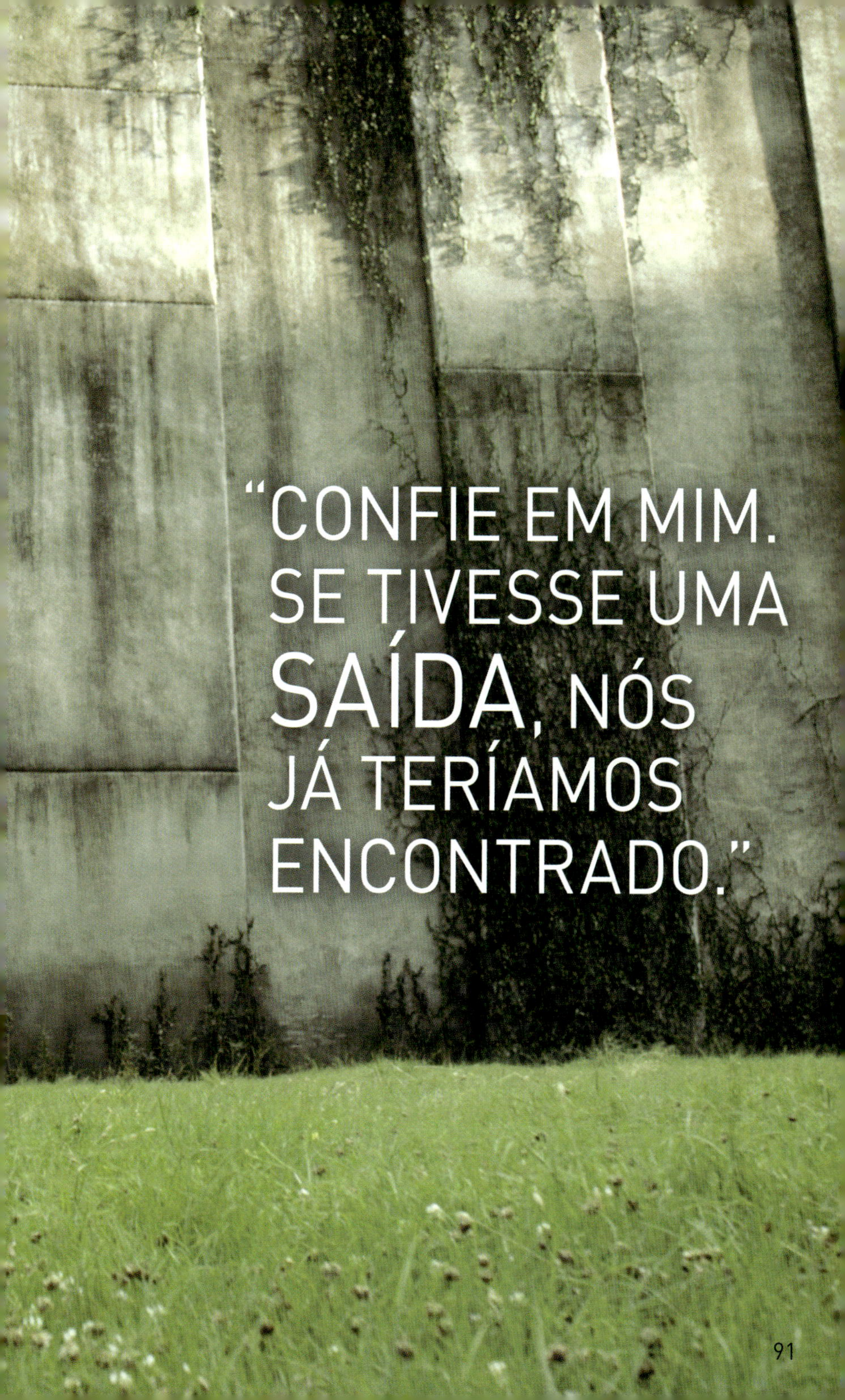
"CONFIE EM MIM.
SE TIVESSE UMA
SAÍDA, NÓS
JÁ TERÍAMOS
ENCONTRADO."

Há passagens que ligam a Clareira ao Labirinto. Suas portas abrem todas as manhãs e fecham todas as noites como um relógio. Quando elas são abertas durante o dia, os Corredores correm pelo Labirinto. Eles o mapeiam e o memorizam em busca de uma saída. Mas todas as noites, depois que as portas se fecham, o Labirinto adquire uma nova configuração. Os Corredores descobriram que algumas seções não se modificam e eles as usam como guias em suas missões.

ÁREAS DO LABIRINTO

AS LÂMINAS: um labirinto de placas de metal monolíticas que lembram uma floresta.

OS ESTREITAMENTOS: uma rede de corredores estreitos no Labirinto.

O ANEL INTERNO: em total contraste com os Estreitamentos, o anel é composto de espaços abertos e pátios cavernosos.

OS CORREDORES

"*NINGUÉM* QUER SER UM CORREDOR. ALÉM DO MAIS, VOCÊ TEM QUE SER ESCOLHIDO."

Os Corredores são os únicos que sabem o que há lá fora, no Labirinto. Eles são os Clareanos mais fortes e velozes. Se não voltam antes que as portas se fechem, ficam presos no Labirinto durante toda a noite. Nenhum deles conseguiu sobreviver por uma noite dentro do Labirinto.

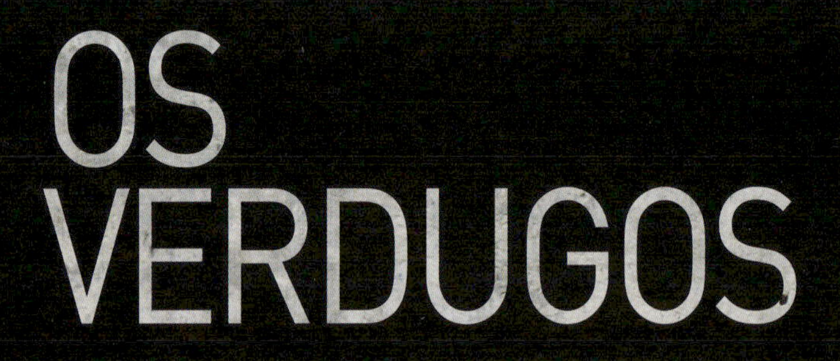

OS VERDUGOS

"AQUILO, MEU AMIGO, ERA UM VERDUGO. NÃO SE PREOCUPE. VOCÊ ESTÁ SEGURO AQUI COM A GENTE. NADA É CAPAZ DE ATRAVESSAR AQUELES MUROS."

Criaturas monstruosas, fusão da natureza com a tecnologia, os Verdugos percorrem o Labirinto à noite. São a razão do pavor dos Clareanos quando estes são deixados no Labirinto. Até hoje, ninguém conseguiu sobreviver a um Verdugo.

A GAROTA

"ELA É A ÚLTIMA. DE TODOS."

Após a chegada de Thomas, a Caixa surge novamente, mais cedo do que de costume. Nela, os Clareanos encontram a carga mais estranha até então: uma garota. Ela chega inconsciente, segurando uma misteriosa anotação. E o mais perturbador: ela reconhece Thomas.

Teresa é a única menina enviada à Clareira, mas Thomas já sonhou com ela antes. Em seus sonhos, ela lhe diz: “Tudo vai mudar”.

Igualmente estranho é o fato de Teresa conhecer Thomas. Ela se lembra de partes de sua vida antes da Caixa e da Clareira. Teresa chega à Clareira com mais do que uma simples anotação – em seu bolso há duas seringas.

Thomas e Teresa são diferentes dos outros Clareanos. Mas será que eles são a chave para desvendar o Labirinto ou foram enviados à Clareira por razões ainda mais misteriosas?

Com a chegada de Teresa, tudo o que os Clareanos sabiam começa a mudar.

LEMBRE-SE...
C.R.U.E.L É BOM.

CONHEÇA A SAGA

MAZE RUNNER

BEST-SELLER DO NEW YORK TIMES

JAMES DASHNER

TWENTIETH CENTURY FOX PRESENTS A GOTHAM GROUP/TEMPLE HILL PRODUCTION "THE MAZE RUNNER"
DYLAN O'BRIEN KAYA SCODELARIO THOMAS BRODIE-SANGSTER WILL POULTER
MUSIC BY JOHN PAESANO FILM EDITOR DAN ZIMMERMAN, A.C.E. PRODUCTION DESIGNER MARC FISICHELLA
DIRECTOR OF PHOTOGRAPHY ENRIQUE CHEDIAK, ASC EXECUTIVE PRODUCERS JOE HARTWICK, JR. EDWARD GAMARRA LINDSAY WILLIAMS
PRODUCED BY ELLEN GOLDSMITH-VEIN, p.g.a. WYCK GODFREY, p.g.a. MARTY BOWEN, p.g.a. LEE STOLLMAN, p.g.a. BASED UPON THE NOVEL BY JAMES DASHN
SCREENPLAY BY NOAH OPPENHEIM AND GRANT PIERCE MYERS AND T.S. NOWLIN DIRECTED BY WES BALL

DOLBY

www.themazerunnermovie.com